별 헤는 밤

한국 문학을 읽는다

24

윤동주

책임편집 **맹문재**

푸른생각

PRUNSAENGGAK

윤동주(尹東柱, 1917~1945)

별 헤는 밤

책임 편집 맹문재

고려대 국문과 및 같은 대학원을 졸업했다. 시인이자 평론가이며 현재 안양대 국문과 교수이다. 시론집『시학의 변주』『만인보의 시학』『여성성의 시론』외, 시집『책이 무거운 이유』『사과를 내밀다』『기룬 어린 양들』등이 있다.

한국 문학을 읽는다 24

별 헤는 밤

초판 인쇄 2017년 12월 10일
초판 발행 2017년 12월 20일

지은이 · 윤동주
엮은이 · 맹문재
펴낸이 · 김화정
펴낸곳 · 푸른생각

편집 · 지순이 | 교정 · 김수란
등록 · 제310-2004-00019호
주소 · 경기도 파주시 회동길 337-16(서패동 470-6)
대표전화 · 031) 955-9111(2) | 팩시밀리 · 031) 955-9114
이메일 · prun21c@hanmail.net
홈페이지 · www.prun21c.com

ⓒ 푸른생각, 2017

ISBN 978-89-91918-70-2 04810
ISBN 978-89-91918-21-4 04810(세트)

값 12,900원

청소년의 꿈과 미래를 위한 양서를 만들고 있습니다.
잘못된 책은 푸른생각이나 구입처에서 교환해 드립니다.
이 도서의 국립중앙도서관 출판예정도서목록(CIP)은 서지정보유통지원시스템 홈페이지(http://seoji.nl.go.kr)와 국가자료공동목록시스템(http://www.nl.go.kr/kolisnet)에서 이용하실 수 있습니다. (CIP제어번호: CIP2017033041)

윤동주를 만나러 가는 길

1.

윤동주는 1917년 12월 30일 만주 명동촌에서 태어났다. 9세에 명동소학교에 입학했는데, 4학년 무렵부터 서울에서 간행된 『어린이』 등의 잡지를 구독할 정도로 문학에 관심을 가졌다. 명동소학교를 졸업한 뒤 중국인 소학교에서 1년간 수학하고 용정에 있는 은진중학교에 입학해 교내 문예지를 만들고 축구 선수 생활을 하고 웅변대회에 참가하는 등 학교생활에 적극성을 띠었다. 4학년 1학기를 마친 뒤 평양에 있는 숭실중학교로 편입해 『숭실활천』 제15호에 시작품 「공상」을 발표했다. 그렇지만 일제의 신사참배 요구를 거절한 서양인 선교사 윤산온(George McCune) 교장이 강제 해임되자 송몽규, 문익환 등과 함께 동맹 퇴학을 감행하고 이듬해 고향으로 돌아와 광명학원 중학부 4학년에 편입했다.

윤동주는 1936년 간도에서 발간되는 『가톨릭 소년』에 동시 「병아리」(11월호)와 「빗자루」(12월호)를 발표했다. 이듬해에도 같은 잡지에 동시 「오줌싸개 지도」(1월호), 「무얼 먹고 사나」(3월호), 「거짓부리」(10월호) 등을 발표했다. 백석 시인의 시집 『사슴』을 필사하고, 수학여행으로 금강산을 다녀오기도 했다.

윤동주는 광명중학교를 졸업한 뒤 1938년 연희전문학교 문과에 고모의 아들인 송몽규와 함께 입학했다. 다음해 『조선일보』의 학생란에 산문 「달을 쏘다」(1. 23), 시 「유언」(2. 6), 「아우의 인상화」(10. 17)를, 『소년』(3월호)에 동시 「산울림」을 발표했다. 1940년 정병욱 후배를 알게 되었고, 여름방학 때 고향에 가서 외삼촌인 김약전 선생에게 『시전(詩傳)』을 배웠다.

윤동주는 1941년 연희전문학교를 졸업했다. 19편의 작품을 모은 자선 시집 『하늘과 바람과 별과 시』 77부를 졸업 기념으로 출간하려고 했으나 뜻을 이루지 못했다. 시집 원고를 스승인 이양하 교수와 정병욱 후배에게 1부씩 증정했다.

윤동주는 고향의 집에서 한 달 반 정도 머무르다가 1942년 일본 유학길에 올랐다. 릿쿄(立敎)대학 영문학과 선과에 입학했는데, 「쉽게 쓰여진 시」를 비롯한 5편의 시를 써서 서울의 친구에게 보냈다. 고향에 돌아와 여름방학을 보낸 뒤 일본으로 다시 건너가 도시샤(同志社)대학 영문학과 선과에 입학했다.

1943년 7월 10일 송몽규가 독립운동 혐의로 검거되었다. 짐을 부치고 여름방학을 보내려고 귀향길에 오르던 윤동주도 같은 혐의로 7월 14일 검거되었다. 이듬해 3월 31일 치안유지법 위반(독립운동)죄로 징역 2년을 언도받고 후쿠오카감옥에 투옥되었다. 송몽규도 같은 죄목으로 투옥되었다.

1945년 2월 18일 "16일 동주 사망, 시체 가지러 오라"는 전보가 고향집에 배달되었다. 부친과 당숙 윤영춘이 시신을 인수해 화장한 뒤 고향으로 데리고 와 용정의 교회 묘지에 묻었다. 3월 10일 송몽규도 옥사해 고향으로 돌아왔다.

2.

윤동주가 남긴 작품 수는 시 86편, 동시 34편, 산문 5편 등 총 125편으로[*] 많지 않다. 그렇지만 그의 시들은 많은 독자들이 애송하고 있고, 그의 시 세계에 대한 연구 논문은 200편이 넘는다. 한국 시문학사에서 그의 위치가 어느 정도인가를 여실하게 대변해 주고 있다.

윤동주의 시 세계를 살피는 데는 그가 일제에 의해 희생되었다는 사실을 간과할 수 없다. 일부 연구자들은 윤동주가 옥사한 사건이 그의 시 세계를 미화시키는 오류를 범할 수 있다고 우려하지만, 일제의 식민지 통치에 희생된 역사적 사실을 배제할 수는 없다. 물론 윤동주의 시 세계를 일제에 대한 저항시로 국한시키기보다는 자아 성찰이나 휴머니즘이나 기독교 사상이나 운명애나 자연애 등으로 확대하고 심화할 필요가 있지만, 식민지 시

---

[*] 왕신영·심원섭·오오무라 마스오·윤인석 편, 『사진판 윤동주 자필 시고전집』, 민음사, 2015.

대의 어둠 속에서 고뇌하고 괴로워하면서도 희망을 잃지 않고 노래한 그의 시 세계를 보다 주목할 필요가 있는 것이다.

　윤동주의 시 세계는 그의 시집 제목이 『하늘과 바람과 별과 시』라는 사실에서 인식할 수 있다. 그가 사용한 시어들의 빈도가 '하늘' 30편, '바람' 18편, '별' 7편이라는 연구 결과가 있듯이[*] 그가 지향한 시 세계는 하늘, 바람, 별을 노래한 것으로 집약된다. 윤동주는 어두운 하늘에서도 빛나는 별을 가슴에 품고 자신의 이상, 진리, 가치, 희망, 동경 등을 노래한 것이다.

　　계절이 지나가는 하늘에는
　　가을로 가득 차 있습니다.

　　나는 아무 걱정도 없이
　　가을 속의 별들을 다 헤일 듯합니다.

　　가슴속에 하나둘 새겨지는 별을
　　이제 다 못 헤는 것은
　　쉬이 아침이 오는 까닭이요,
　　내일 밤이 남은 까닭이요,
　　아직 나의 청춘이 다하지 않은 까닭입니다.

　　별 하나에 추억과

---

[*]　이현, 「윤동주 시 연구」, 울산대학교 대학원 국어국문학과 석사 학위 논문, 2016.

별 하나에 사랑과
별 하나에 쓸쓸함과
별 하나에 동경과
별 하나에 시와
별 하나에 어머니, 어머니,

어머님, 나는 별 하나에 아름다운 말 한마디씩 불러봅니다. 소학교
때 책상을 같이했던 아이들의 이름과, 패(佩), 경(鏡), 옥(玉) 이런 이국
소녀들의 이름과 벌써 애기 어머니 된 계집애들의 이름과, 가난한 이
웃 사람들의 이름과, 비둘기, 강아지, 토끼, 노새, 노루, 「프랑시스 잠」
「라이너 마리아 릴케」 이런 시인들의 이름을 불러 봅니다.

이네들은 너무나 멀리 있습니다.
별이 아슬이 멀듯이,

어머님,
그리고 당신은 멀리 북간도에 계십니다.

나는 무엇인지 그리워
이 많은 별빛이 내린 언덕 위에
내 이름자를 써 보고,
흙으로 덮어 버리었습니다.

딴은 밤을 새워 우는 벌레는

부끄러운 이름을 슬퍼하는 까닭입니다.

그러나 겨울이 지나고 나의 별에도 봄이 오면
무덤 위에 파란 잔디가 피어나듯이
내 이름자 묻힌 언덕 위에도
자랑처럼 풀이 무성할 게외다.

―「별 헤는 밤」 전문

　스물네 살(연희전문 4학년) 때 쓴 작품으로 그가 추구한 하늘과 별의 상징이
여실하다. 화자는 "가을"하늘에 빛나는 "별들"을 다 셀 수 없는 상황을 안타
까워한다. 그 "별들"은 우주의 행성만이 아니라 "가슴속"에 품고 있는 "이
름들"이다. 다시 말해 "별" 하나가 "어머님"이듯이 다른 별들은 "소학교 때
책상을 같이했던 아이들의 이름과, 패(佩), 경(鏡), 옥(玉) 이런 이국 소녀들의
이름과 벌써 애기 어머니 된 계집애들의 이름과, 가난한 이웃 사람들의 이
름과, 비둘기, 강아지, 토끼, 노새, 노루, 「프랑시스 잠」 「라이너 마리아 릴
케」 이런 시인들의 이름"인 것이다.

　그런데 그 "이름들"은 "어머님"이 "북간도에 계"시듯 너무 먼 곳에 있기
에 화자는 가까이하지 못하고 그리워할 뿐이다. 이 거리감은 공간적인 개
념이기보다는 심리적인 개념이다. 다시 말해 화자와 함께할 수 없는 먼 거
리인 것이다. 그리하여 화자는 일제의 억압과 감시로 인해 "이름들"에게 다
가갈 수 없는 자신의 처지를 슬퍼하고 아파한다. 그리고 일제의 식민 통치
에 대항하지 못하는 자신을 부끄러워한다. 화자가 자신의 "이름자를 써 보

고/흙으로 덮어 버리"는 행동이 그 구체적인 모습이다.

그렇지만 화자는 자신과 "이름들"과의 미래에 대해 절망하거나 좌절하지 않는다. "겨울이 지나고 나의 별에도 봄이 오"듯이 자신의 "이름자 묻힌 언덕 위에도/자랑처럼 풀이 무성할" 것을 믿는 것이다. 그렇기 때문에 "별들"을 바라보며 자신의 "어머니"는 물론이고 "추억"이며 "사랑"이며 "쓸쓸함"이며 "동경"이며 "시"를 헤아린다. "이름들"과 함께할 수 있는 날들이 돌아오기를 기원하고 희망하는 것이다. "별을 노래하는 마음으로/모든 죽어 가는 것을 사랑해야지/그리고 나한테 주어진 길을/걸어가야겠다"(「서시」)라고 다짐하는 것이다.

3.

일제는 1937년 중일전쟁에 이어 1941년 태평양전쟁으로 전선을 확대하면서 식민지 조선을 전쟁 동원 체제로 바꾸었다. 1938년 제3차 개정 교육령을 발표하면서 학교 명칭을 보통학교에서 소학교로, 고등보통학교에서 중학교로 개칭했고, 조선어를 교과목에서 제외시켰다. 학생들에게 왜곡된 역사를 주입시켰고, 다른 나라에 대한 침략을 정당화했다. 음악 시간에는 일본의 군가를 가르쳤고, 체육 시간에는 군사 훈련을 실시했으며, 수신 시간에는 황국 신민으로 가져야 할 윤리를 강요했다. 1942년부터는 한국어의 교수와 사용이 전면 금지되었다.

뿐만 아니라 일제는 어용 기관지인 『매일신보』를 남겨 놓고 조선의 신문들을 폐간시켰다. 조선의 문예지들도 폐간시켰고, 그 대신 『국민문학』 등의 친일 어용 문예지를 창간하고, 조선문인보국회 등의 친일 어용 문학 단체를 결성했다. 일제는 교육이나 언론이나 출판 탄압에 그치지 않고 조선의 문인들을 침략 전쟁의 선동자로 내몰았던 것이다.

이와 같은 상황에서 조선의 문단에서는 오직 일제의 정책에 부응하거나 동조하는 문학만이 허용되었다. 한국어 대신 일본어로 태평양전쟁을 합리화하거나 일제의 전투 의욕을 고취시키거나 조선 청년들의 자원 입대를 독려하는 문학만이 친일 어용 매체에 발표될 수 있었던 것이다. 그리하여 일제의 강요와 협박을 이기지 못하거나 자발적인 동기에 의해 이광수나 서정주 같은 친일 문인들이 등장했다.

그렇지만 그 암흑기에도 민족의 해방을 노래한 시인들이 있었다. 그 대표적인 시인으로 윤동주, 이육사, 한용운, 신채호 등을 들 수 있다. 그들은 조선의 유구한 역사의식을 토대로 민족정신을 심화하거나 민족 해방을 확신하는 노래를 불렀다. 일제에 의해 체포되어 감옥에서 순국하거나 고초를 겪었지만, 결코 좌절하거나 절망하거나 타협하지 않고 민족의 무궁한 역사를 온몸으로 노래한 것이다.

윤동주는 기독교적 신앙과 윤리 의식을 바탕으로 암울한 시대에 맞섰다. 야만적인 일제를 적극적으로 고발하거나 비판하지는 않았지만 지식인다운 고뇌와 자기반성과 성찰로써 저항한 것이다. "밤이면 밤마다 나의 거울을/손바닥으로 발바닥으로 닦아 보자"(「참회록」)라고 다짐한 것이 그 모습이다.

그리하여 일체의 민족의식이 허용되지 않던 시대였지만 윤동주의 시들은 밤하늘의 별처럼 빛난다. 암흑기의 한국 시단을 밝혀 주는 것은 물론 민족 문학이 나아갈 방향을 나침반처럼 제시해 주는 것이다.

2017년 11월
책임편집 맹문재

제1부_ 1934~1937년의 시

한국 문학을 읽는다 **별 헤는 밤**

제2부_ 1938~1942년의 시

일러두기

1 이 시집에 수록된 시는 왕신영 · 심원섭 · 오오무라 마스오 · 윤인석 등이 엮은 『사진판 윤동주 자필 시고전집』(민음사, 2015)에 실린 것을 원본으로 삼았다.
2 윤일주가 엮은 『하늘과 바람과 별과 시』(정음사, 1955)와 홍장학이 지은 『정본 윤동주 전집 원전 연구』(문학과지성사, 2004)에 실린 시들도 참고했다.
3 작품 배열 순서는 발표순대로 했다.
4 맞춤법과 띄어쓰기는 작품의 원형을 살리는 것이 필요하다고 판단되는 경우를 제외하고는 현대 맞춤법 규정에 따랐다.
5 한자로 표기된 경우는 한글로 바꾸었다. 의미를 정확하게 밝혀 줄 필요가 있는 경우는 한자를 괄호 안에 넣어 병기했다.
6 해설이 필요한 시어는 각주를 달았다.

제1부

1934년

1937년의 시

바람이 자꾸 부는데
내 발이 반석 위에 섰다.

강물이 자꾸 흐르는데
내 발이 언덕 위에 섰다.

— 「바람이 불어」 중에서

초 한 대

초 한 대―
내 방에 품긴 향내를 맡는다.

광명의 제단이 무너지기 전
나는 깨끗한 제물을 보았다.

염소의 갈비뼈 같은 그의 몸.
그의 생명인 심지까지
백옥 같은 눈물과 피를 흘려,
불살라 버린다.

그리고도 책머리에 아롱거리며
선녀처럼 촛불은 춤을 춘다.

매를 본 꿩이 도망가듯이
암흑이 창구멍으로 도망간
나의 방에 품긴
제물의 위대한 향내를 맛보노라.

(1934. 12. 24)

삶과 죽음

삶은 오늘도 죽음의 서곡을 노래하였다.
이 노래가 언제나 끝나랴.

세상 사람은—
뼈를 녹여 내는 듯한 삶의 노래에
춤을 춘다.
사람들은 해가 넘어가기 전
이 노래 끝의 공포를
생각할 사이가 없었다.

나는 이것만은 알았다.
이 노래의 끝을 맛본 이들은
자기만 알고,
다음 노래의 맛을 아르켜 주지 아니하였다

하늘 복판에 아로새기듯이
이 노래를 부른 자가 누구뇨.
그리고 소낙비 그친 뒤같이도
이 노래를 그친 자가 누구뇨.

죽고 **뼈**만 남은,

죽음의 승리자 위인들!

(1934. 12. 24)

내일은 없다
— 어린 마음의 물은

내일 내일 하기에
물었더니
밤을 자고 동틀 때
내일이라고.

새날을 찾던 나도
잠을 자고 돌보니,
그때는 내일이 아니라
오늘이더라.

무리여! (동무여!)
내일은 없나니
………….

(1934. 12. 24)

거리에서

달밤의 거리
광풍이 휘날리는
북국의 거리
도시의 진주(眞珠)
전등 밑을 헤엄치는,
쪼그만 인어 나.
달과 전등에 비쳐,
한 몸에 둘셋의 그림자,
커졌다 작아졌다,

괴롬의 거리
회색빛 밤거리를
걷고 있는 이 마음,
선풍(旋風)이 일고 있네.
외로우면서도,
한 갈피 두 갈피,
피어나는 마음의 그림자,
푸른 공상(空想)이
높아졌다 낮아졌다.

(1935. 1. 18)

공상(空想)

공상—

내 마음의 탑

나는 말없이 이 탑을 쌓고 있다.

명예와 허영의 천공(天空)에다,

무너질 줄도 모르고,

한 층 두 층 높이 쌓는다.

무한한 나의 공상—

그것은 내 마음의 바다,

나는 두 팔을 펼쳐서,

나의 바다에서

자유로이 헤엄친다.

황금, 지욕(知慾)의 수평선을 향하여.

창공

그 여름날,
열정의 포플러는,
오려는 창공의 푸른 젖가슴을
어루만지려
팔을 펼쳐 흔들거렸다.
끓은 태양 그늘 높다란 지점에서.

천막 같은 하늘 밑에서,
떠들던 소나기,
그리고 번개를,
춤추던 구름은 이끌고,
남방으로 도망가고,
높다랗게 창공은, 한 폭으로
가지 위에 퍼지고,
둥근달과 기러기를 불러왔다.

푸드른* 어린 마음이 이상에 타고,

그의 동경의 날 가을에

조락(凋落)의 눈물을 비웃다.

(1935. 10. 20. 평양서)

■ 푸드른 : '푸른'으로 추정됨

남쪽 하늘

제비는 두 나래▪를 가지었다.
스산한 가을날─

어머니의 젖가슴이 그리운
서리 내리는 저녁─
어린 영(靈)▪▪은 쪽나래의 향수를 타고
남쪽 하늘에 떠돌 뿐─

(1935. 10. 평양에서)

▪ 나래 : 날개.
▪▪ 靈 : 靈의 약자.

조개껍질
— 바다물 소리 듣고 싶어

아롱아롱 조개껍데기
울 언니 바닷가에서
주워온 조개껍데기

여긴 여긴 북쪽 나라요
조개는 귀여운 선물
장난감 조개껍데기.

데굴데굴 굴리며 놀다,
짝 잃은 조개껍데기
한 짝을 그리워하네

아롱아롱 조개껍데기
나처럼 그리워하네
물소리 바닷물 소리

(1935. 12. 봉수리(鳳峀里)에서)

고향집
— 만주에서 부른

헌 짚신짝 끄을고
　　나 여기 왜 왔노
두만강을 건너서
　　쓸쓸한 이 땅에

남쪽 하늘 저 밑엔
　　따뜻한 내 고향
내 어머니 계신 곳
　　그리운 고향집.

(1936. 1. 6)

병아리

"삐, 삐, 삐
엄마 젖 좀 주"
병아리 소리.

"꺽, 꺽, 꺽
오냐 좀 기다려"
엄마 닭 소리.

좀 있다가
병아리들은
엄마 품으로
다 들어갔지요.

(1936. 1. 6 / 『가톨릭 소년(少年)』, 1936년 11월호)

창구멍

바람 부는 새벽에 장터 가시는
우리 아빠 뒷자취 보구 싶어서
침을 발라 뚫어 논 작은 창구멍
아롱아롱 아침해 비치옵니다

눈 내리는 저녁에 나무 팔러 간
우리 아빠 오시나 기다리다가
혀끝으로 뚫어 논 작은 창구멍
살랑살랑 찬바람 날아듭니다.

기왓장 내외

비 오는 날 저녁에 기왓장 내외
잃어버린 외아들 생각나선지
꼬부라진 잔등을 어루만지며
쭈룩쭈룩 구슬피 울음 웁니다

대궐 지붕 위에서 기왓장 내외
아름답던 옛날이 그리워선지
주름 잡힌 얼굴을 어루만지며
물끄러미 하늘만 쳐다봅니다.

비둘기

안아 보고 싶게 귀여운

산비둘기 일곱 마리

하늘 끝까지 보일 듯이 맑은 주일날 아침에

벼를 거두어 빤빤한 논에

앞을 다투어 요▪를 주우며

어려운 이야기를 주고받으오.

날씬한 두 나래로 조용한 공기를 흔들어

두 마리가 나오.

집의 새끼 생각이 나는 모양이오.

(1936. 2. 10)

▪ 요 : 모이.

이별

눈이 오다, 물이 되는 날
잿빛 하늘에 또 뿌연 내, 그리고,
커다른 기관차는 빼-액- 울며,
쪼그만, 가슴은, 울렁거린다.

이별이 너무 재빠르다, 안타깝게도,
사랑하는 사람을,
일터에서 만나자 하고-
더운 손의 맛과, 구슬 눈물이 마르기 전
기차는 꼬리를 산굽▪으로 돌렸다.

(1936. 3. 20. 영현 군(永鉉 君)을)

▪ 산굽 : 산기슭.

식권

식권은 하루 세 끼를 준다.

식모는 젊은 아이들에게
한 때 흰 그릇 셋을 준다.

대동강 물로 끓인 국,
평안도 쌀로 지은 밥,
조선의 매운 고추장,

식권은 우리 배를 부르게.

(1936. 3. 20)

모란봉에서

앙당한* 솔나무** 가지에,
훈훈한 바람의 날개가 스치고,
얼음 섞인 대동강 물에
한나절 햇발이 미끄러지다.

허물어진 성터에서
철모르는 여아(女兒)들이
저도 모를 이국 말로,
재잘대며 뜀을 뛰고.

난데없는 자동차가 밉다.

(1936. 3. 24)

■ 앙당한 : 모양이 어울리지 아니하게 작은.
■■ 솔나무 : 소나무의 원말.

황혼

햇살은 미닫이 틈으로
길쭉한 일 자(一字)를 쓰고…… 지우고……

까마귀 떼 지붕 위로
둘, 둘, 셋, 넷, 자꾸 날아 지난다.
쑥쑥, 꿈틀꿈틀 북쪽 하늘로,

내사……
북쪽 하늘에 나래를 펴고 싶다.

(1936. 3. 25. 평양서)

가슴 1

소리 없는 북
답답하면 주먹으로
뚜드려 보오.

그래 봐도
후 —
가 — 는 한숨보다 못하오.

(1936. 3. 25. 평양서)

가슴 2

늦은 가을 스르램이*
숲에 싸여 공포에 떨고,

웃음 웃는 흰 달 생각이
도망가오.

(1935. 3. 25)

■ 스르램이 : 쓰르라미.

종달새

종달새는 이른 봄날
질디진 거리의 뒷골목이
싫더라.
명랑한 봄 하늘,
가벼운 두 나래를 펴서
요염한 봄노래가
좋더라.
그러나,
오늘도 구멍 뚫린 구두를 끌고,
홀렁홀렁 뒷거리 길로,
고기 새끼 같은 나는 헤매나니,
나래와 노래가 없음인가,
가슴이 답답하구나.

(1936. 3. 평(平). 상(想).▪)

▪ 평(平). 상(想). : '평양에서 상념함' 정도로 유추됨.

산상(山上)

거리가 바둑판처럼 보이고,
강물이 배암▪의 새끼처럼 기는
산 위에까지 왔다.
아직쯤은 사람들이
바둑돌처럼 벌여 있으리라.

한나절의 태양이
함석 지붕에만 비치고,
굼벵이 걸음을 하던 기차가
정거장에 섰다가 검은 내를 토하고
또, 걸음발을 탄다.

텐트 같은 하늘이 무너져
이 거리를 덮을까 궁금하면서
좀더 높은 데로 올라가고 싶다.

(1936. 5)

▪ 배암 : 뱀.

오후의 구장(球場)

늦은 봄 기다리던 토요일 날,
오후 세 시 반의 경성행(京城行) 열차는,
석탄 연기를 자욱이 풍기고,
소리치고 지나가고

한 몸을 끄을기에 강하던
공이 자력(磁力)을 잃고
한 모금의 물이
불붙는 목을
축이기에 넉넉하다.
젊은 가슴의 피 순환이 잦고,
두 철각(鐵脚)이 늘어진다.

검은 기차 연기와 함께
푸른 산이
아지랑이 저쪽으로
가라앉는다.

(1936. 5)

닭 1

한 칸 계사 그 너머 창공이 깃들어
자유의 향토를 잊은 닭들이
시들은* 생활을 주절대고,
생산의 고로를 부르짖었다.

음산한 계사에서 쏠려나온
외래종 레그혼**,
학원(學園)에서 새무리***가 밀려 나오는
삼월의 맑은 오후도 있다

닭들은 녹아드는 두엄을 파기에
아담한 두 다리가 분주하고
굶주렸던 주두리****가 바지런하다.
두 눈이 붉게 여물도록—

(1936. 봄)

■ 시들은 : 시든
■■ 레그혼(leghorn) : 닭의 한 품종.
■■■ 새무리 : 조류(鳥類).
■■■■ 주두리 : 주둥이.

이런 날

사이좋은 정문의 두 돌기둥 끝에서
오색기와, 태양기(太陽旗)가 춤을 추는 날,
금(線)을 그은 지역의 아이들이 즐거워하다.

아이들에게 하로의 건조한 학과(學課)로
해말간 권태가 깃들고
「모순」 두 글자를 이해치 못하도록
머리가 단순하였구나.

이런 날에는
잃어버린 완고하던 형을
부르고 싶다.

(1936. 6. 10)

양지 쪽

저쪽으로 황토 실은 이 땅 봄바람이
호인(胡人)의 물레바퀴처럼 돌아 지나고,
아롱진 사월 태양의 손길이
벽을 등진 설운 가슴마다 올올이 만진다.

지도째기 놀음에 뉘 땅인 줄 모르는 애 둘이,
한 뼘 손가락이 짧음을 한(恨)함이여.

아서라! 가뜩이나 엷은 평화가,
깨어질까 근심스럽다.

(1936. 6. 26)

산림

시계가 자근자근 가슴을 때려
불안한 마음을 산림이 부른다.

천년 오랜 연륜에 짜들은▪ 유암(幽暗)한 산림이, 고달픈 한 몸을
포옹할 인연(因緣)을 가졌나보다.

산림의 검은 파동 위로부터
어둠은 어린 가슴을 짓밟고

이파리를 흔드는 저녁 바람이
쏴- 공포에 떨게 한다.

멀리 첫여름의 개구리 재잘댐에
흘러간 마을의 과거가 아질타.▪▪

나무 틈으로 반짝이는 별들만이
새날의 희망으로 나를 이끈다.

(1936. 6. 26)

▪ 짜들은 : 짜든.
▪▪ 아질타 : 아질하다(어지럼증이 나서 좀 어지럽다).

가슴 3

불 꺼진 화덕을
안고 도는 겨울밤은 깊었다.

재만 남은 가슴이
문풍지 소리에 떤다.

(1936. 7. 24)

꿈은 깨어지고

꿈은 눈을 떴다,
그윽한 유무(幽霧)에서.

노래하던 종다리,
도망쳐 날아 나고.

지난날 봄 타령 하던
금잔디밭은 아니다.

탑은 무너졌다,
붉은 마음의 탑이 —

손톱으로 새긴 대리석 탑이 —
하루 저녁 폭풍에 여지없이도,

오 — 황폐의 쑥밭,
눈물과 목메임이여!

꿈은 깨어졌다,
탑은 무너졌다.

(1935. 10. 27 / 1936. 7. 27)

곡간(谷間)

산들이 두 줄로 줄달음질치고
여울이 소리쳐 목이 잦았다.
한여름의 햇님이 구름을 타고
이 골짜기를 빠르게도 건너련다.

산등아리▪에 송아지 뿔처럼
울뚝불뚝히 어린 바위가 솟고,
얼룩소의 보드라운 털이
산등서리에 퍼─렇게 자랐다.

삼 년 만에 고향 찾아드는
산골 나그네의 발걸음이
타박타박 땅을 고눈다.▪▪
벌거숭이 두루미 다리같이······.

헌 신짝이 지팡이 끝에
모가지를 매달아 늘어지고,
까치가 새끼의 날발▪▪▪을 태우려

푸르룩 저 산에 날 뿐

골짝은 나그네의 마음처럼 고요하다.

■ 산등아리, 산둥서리 : 산둥. 산둥성이
■■ 고눈다 : 발굽을 세워 디디다.
■■■ 날발 : 날아가는 일이나 기세.

(1936. 여름)

빨래

빨랫줄에 두 다리를 드리우고
흰 빨래들이 귓속 이야기하는 오후,

쨍쨍한 칠월 햇발은 고요히도
아담한 빨래에만 달린다.

(1936)

빗자루

요－리조리 베면 저고리 되고
이－렇게 베면 큰 총 되지.
　누나하구 나하구
　가위로 종이 쏠았더니
　어머니가 빗자루 들고
　누나 하나 나 하나
　엉덩이를 때렸소
　방바닥이 어지럽다고－.

　아니아니 아니
　고놈의 빗자루가
　방바닥 쓸기 싫으니
　그랬지 그랬어
괘씸하여 벽장 속에 감췄더니
이튿날 아침 빗자루가 없다고
어머니가 야단이지요.

(1936. 9. 9 / 『가톨릭 소년(少年)』 1936년 12월호)

햇비

아씨처럼 내린다
보슬보슬 햇비
맞아 주자 다 같이
　　옥수숫대처럼 크게
　　댓 자 엿 자 자라게
　　해님이 웃는다
　　나 보고 웃는다.

하늘 다리 놓였다
알롱알롱 무지개
노래하자 즐겁게
　　동무들아 이리 오나
　　다 같이 춤을 추자
　　해님이 웃는다
　　즐거워 웃는다

(1936. 9. 9)

비행기

머리에 프로펠러가,
연자간 풍채*보다
더 - 빨리 돈다.

땅에서 오를 때보다
하늘에 높이 떠서는
빠르지 못하다
숨결이 찬 모양이야.

비행기는-
새처럼 나래를
펄럭거리지 못한다
그리고 늘-
소리를 지른다.
숨이 찬가 봐.

(1936. 10월 초)

■ 풍채 : 풍구.

가을밤

굳은비 내리는 가을밤
벌거숭이 그대로
잠자리에서 뛰쳐나와
마루에 쭈그리고 서서
아인 양 하고
쏴— 오줌을 싸오.

(1936. 10. 23)

굴뚝

산골짜기 오막살이 낮은 굴뚝엔
몽기몽기 웬 내굴* 대낮에 솟나.

감자를 굽는 게지 총각 애들이
깜박깜박 검은 눈이 모여 앉아서,
입술이 꺼멓게 숯을 바르고,
옛이야기 한 커리**에 감자 하나씩.

산골짜기 오막살이 낮은 굴뚝엔
살랑살랑 솟아나네 감자 굽는 내.

(1936. 가을)

■ 내굴 : 내. 연기.
■■ 커리 : 켤레(신 · 버선 · 방망이 등의 한 벌을 세는 말).

무얼 먹고 사나

바닷가 사람

물고기 잡아먹고 살고

산골엣 사람

감자 구워 먹고 살고

별나라 사람

무얼 먹고 사나.

(1936. 10 / 『가톨릭 소년』, 1937년 3월호)

봄

우리 애기는
아래 발치에서 코올코올,

고양이는
부뚜막에서 가릉가릉

애기 바람이
나뭇가지에 소올소올

아저씨 해님이
하늘 한가운데서 째앵째앵.

(1936. 10)

참새

앞마당을 백노진" 것처럼
참새들이 글씨 공부하지요

짹, 짹, 입으론 부르면서,
두 발로는 글씨 공부하지요.

하루 종일 글씨 공부하여도
짹 자 한 자밖에 더 못 쓰는걸.

(1936. 12)

■ 백노진 : 백노지(하얀 종이)인.

개

눈 위에서
개가
꽃을 그리며
뛰오.

편지

누나!
이 겨울에도
눈이 가득히 왔습니다.

흰 봉투에
눈을 한 줌 넣고
글씨도 쓰지 말고
우표도 붙이지 말고
말쑥하게 그대로
편지를 부칠까요

누나 가신 나라엔
눈이 아니 온다기에.

버선본

어머니!
누나 쓰다 버린 습자지는
두었다간 뭣에 쓰나요?

그런 줄 몰랐더니
습자지에다 내 버선 놓고
가위로 오려
버선본 만드는걸.

어머니!
내가 쓰다 버린 몽당연필은
두었다간 뭣에 쓰나요

그런 줄 몰랐더니
천 위에다 버선본 놓고
침 발라 점을 찍곤
내 버선 만드는걸.

(1936. 12월 초)

눈

눈이
새하얗게 와서,
눈이
새물새물▪하오.

▪ 새물새물 : 입술을 약간 샐그러뜨리며 소리 없이 자꾸 웃는 모양.

이불

지난밤에
눈이 소―복이 왔네
지붕이랑
길이랑 밭이랑
추워한다고
덮어 주는 이불인가 봐

그러기에
추운 겨울에만 내리지

(1936. 12)

사과

붉은 사과 한 개를
아버지 어머니
누나, 나, 넷이서
껍질째로 송치*까지
다— 노나 먹었소.

■ 송치 : 속.

닭

— 닭은 나래가 커도
　　왜, 날잖나요

— 아마 두엄 파기에
　　홀▪, 잊었나 봐.

▪ 홀 : 홀연. 갑자기.

아침

휙, 휙, 휙 소꼬리가 부드러운 채찍질로 어둠을 쫓아,
캄, 캄, 캄, 어둠이 깊다 깊다 밝으오.

이제 이 동리의 아침이,
풀살 오른 소 엉덩이처럼 기름지오
이 동리 콩죽 먹는 사람들이,
땀물﹡을 뿌려 이 여름을 자래웠소.﹡﹡

잎, 잎, 풀잎마다 땀방울이 맺혔소.
여보! 여보! 이 모든 것을 아오.

(1936)

﹡ 땀물 : 땀.
﹡﹡ 자래웠소 : 자라게 하였소.

겨울

처마 밑에
시래기 다람*이
바삭바삭
추워요.

　길바닥에
　말똥 동그라미
　달랑달랑
　얼어요.

(1936. 겨울)

■ 다람 : 두름.

호주머니

넣을 것 없어
걱정이던
호주머니는,

겨울만 되면
주먹 두 개 갑북갑북.▪

▪ 갑북갑북 : 가득가득.

오줌싸개 지도

빨랫줄에 걸어 논
    요에다 그린 지도
지난밤에 내 동생
    오줌 싸서 그린 지도.

꿈에 가 본 엄마 계신
별나라 지돈가?
돈 벌러 간 아빠 계신
만주 땅 지돈가?

(『가톨릭 소년』, 1937년 1월호)

황혼이 바다가 되어

하루도 검푸른 물결에
흐느적 잠기고…… 잠기고……

저— 웬 검은 고기 떼가
물든 바다를 날아 횡단할꼬.

낙엽이 된 해초
해초마다 슬프기도 하오.

서창(西窓)에 걸린 해말간 풍경화
옷고름 너어는▪ 고아의 설움

이제 첫 항해하는 마음을 먹고
방바닥에 나뒹구오…… 뒹구오……

황혼이 바다가 되어
오늘도 수많은 배가
나와 함께 이 물결에 잠겼을 게오.

(1937. 1)

▪ 너어는 : 너는('널다'의 활용어).

거짓부리

똑, 똑, 똑,
문 좀 열어 주셔요
하룻밤 자고 갑시다.
밤은 깊고 날은 추운데
거 누굴까?
문 열어 주고 보니
검둥이의 꼬리가
거짓부리한걸.
꼬기요 꼬기요
달걀 낳았다.
간난아! 어서 집어 가거라.
간난이 뛰어가 보니
달걀은 무슨 달걀
고놈의 암탉이
대낮에 새빨간
거짓부리한걸.

(『가톨릭 소년』, 1937년 10월호)

둘 다

바다도 푸르고,
하늘도 푸르고,

바다도 끝없고,
하늘도 끝없고,

바다에 돌 던지고
하늘에 침 뱉고

바다는 벙글
하늘은 잠잠

반딧불

가자, 가자, 가자,
숲으로 가자.
달조각을 주우러
숲으로 가자

　그믐밤 반딧불은
　부서진 달 조각

　가자, 가자, 가자,
　숲으로 가자.
　달 조각을 주우러
　숲으로 가자.

밤

외양간 당나귀
아―ㅇ 앙 외마디 울음 울고,

당나귀 소리에
으―아 아 애기 소스라쳐 깨고,

등잔에 불을 다오.

아버지는 당나귀에게
짚을 한 키* 담아 주고,

어머니는 애기에게
젖을 한 모금 먹이고,

밤은 다시 고요히 잠드오.

(1937. 3)

▪ 키 : 곡식 따위를 까불러 골라내는 그릇.

할아버지

왜떡이 씁은데도[■]
자꾸 달다고 하오.

(1937. 3. 10)

■ 씁은데도 : 쓴데도.

만돌이

만돌이가 학교에서 돌아오다가
전봇대 있는 데서
돌재기* 다섯 개를 주웠습니다.

전봇대를 겨누고
돌 첫 개를 뿌렸습니다.
─딱─
두 개째 뿌렸습니다.
─아뿔싸─
세 개째 뿌렸습니다.
─딱─
네 개째 뿌렸습니다.
─아뿔싸─
다섯 개째 뿌렸습니다.
─딱─

다섯 개에 세 개……
그만하면 되었다.
내일 시험,

다섯 문제에, 세 문제만 하면—
손꼽아 구구를 하여 봐도
허양▪▪ 육십 점이다.
볼 거 있나 공 차러 가자.

그 이튿날 만돌이는
꼼짝 못 하고 선생님한테
흰 종이를 바쳤을까요
　　그렇잖으면 정말
　　육십 점을 맞았을까요

▪ 돌재기 : 돌.
▪▪ 허양 : 거침없이 그냥.

개

"이 개 더럽잖니"
아—니 이웃집 덜렁수캐▪가
오늘 어슬렁어슬렁 우리 집으로 오더니
우리 집 바둑이의 밑구멍에다 코를 대고
씩씩 내를 맡겠지 더러운 줄도 모르고,
보기 숭해서▪▪ 막 차며 욕해 쫓았더니
꼬리를 휘휘 저으며
너희들보다 어떻겠냐 하는 상으로
뛰어가겠지요 나—참.

▪ 덜렁수캐 : 한 곳에 듬직이 있지 못하고 돌아다니기를 좋아하는 개, 또는 그러한 사내.
▪▪ 숭해서 : 흉해서.

나무

나무가 춤을 추면
　바람이 불고,
나무가 잠잠하면
　바람도 자오.

장

이른 아침 아낙네들은 시들은 생활을
바구니 하나 가득 담아 이고······
업고 지고······ 안고 들고······
모여드오 자꾸 장에 모여드오.

가난한 생활을 골골이 벌여 놓고
밀려가고, 밀려오고·········
저마다 생활을 외치오······ 싸우오.

온 하루 올망졸망한 생활을
되질하고 저울질하고 자질하다가
날이 저물어 아낙네들이
씁은* 생활과 바꾸어 또 이고 돌아가오.

(1937. 봄)

■ 씁은 : 쓴.

달밤

흐르는 달의 흰 물결을 밀쳐
여윈 나무 그림자를 밟으며,
북망산을 향한 발걸음은 무거웁고
고독을 반려한 마음은 슬프기도 하다.

누가 있어만 싶던 묘지엔 아무도 없고,
정적만이 군데군데 흰 물결에 폭 젖었다.

(1937. 4. 15)

풍경

봄바람을 등진 초록빛 바다
쏟아질 듯 쏟아질 듯 위태롭다.

잔주름 치마폭의 두둥실거리는 물결은,
으스러질 듯 한껏 경쾌롭다.

마스트 끝에 붉은 깃발이
여인의 머리칼처럼 나부낀다.

　　　　※　　　　※

이 생생한 풍경을 앞세우며 뒤세우며
왼 하루 거닐고 싶다.

― 우중충한 오월 하늘 아래로,
― 바다 빛 포기포기에 수놓은 언덕으로,

(1937. 5. 29)

울적

처음 피워 본 담바* 맛은
아침까지 목 안에서 간질간질타.**

어젯밤에 하도 울적하기에
가만히 한 대 피워 보았더니.

(1937. 6)

* 담바 : 담배.
** 간질간질타 : 간질간질하다.

한란계(寒暖計) *

싸늘한 대리석 기둥에 모가지를 비틀어 맨 한란계,
문득 들여다볼 수 있는 운명한 오척 육촌의 허리 가는 수은주,
마음은 유리관보다 맑소이다.

혈관이 단조로워 신경질인 여론 동물,
가끔 분수 같은 냉(冷) 침을 억지로 삼키기에,
정력을 낭비합니다.

영하로 손가락질할 수돌네 방처럼 추운 겨울보다
해바라기가 만발할 팔월 교정이 이상(理想)곺소이다. **
피 끓을 그날이 −

어제는 막 소낙비가 퍼붓더니 오늘은 좋은 날씨올시다.
동저고리 *** 바람에 언덕으로, 숲으로 하시구려 −
이렇게 가만가만 혼자서 귓속 이야기를 하였습니다.
나는 또 내가 모르는 사이에 −

나는 아마도 진실한 세기의 계절을 따라,

하늘만 보이는 울타리 안을 뛰쳐,

역사 같은 포지션을 지켜야 봅니다.

(1937. 7. 1)

■ 한란계 : 온도계.
■■ 이상(理想)곬소이다 : 이상이 고프다. 이상으로 삼고 싶다.
■■■ 동저고리 : 동옷. 남자가 입는 저고리.

그 여자

함께 핀 꽃에 처음 익은 능금은
먼저 떨어졌습니다.

오늘도 가을바람은 그냥 붑니다.

길가에 떨어진 붉은 능금은
지나던 손님이 집어 갔습니다.

(1937. 7. 26)

야행

정각(正刻)! 마음이 아픈 데 있어 고약(膏藥)을 붙이고
시들은 다리를 끄을고 떠나는 행장(行裝),
── 기적(汽笛)이 들리잖게 운다.
사랑스런 여인이 타박타박 땅을 굴려 쫓기에
하도 무서워 상가교(上架橋)를 기어 넘다.
── 이제로부터 등산 철도.
이윽고 사색의 포플러 터널로 들어간다.
시(詩)라는 것을 반추하다 마땅히 반추하여야 한다.
── 저녁 연기가 놀로 된 이후.
휘파람 부는 햇귀뜰램이*의
노래는 마디 마디 끊어져
그믐달처럼 호젓하게 슬프다.
너는 노래 배울 어머니도 아버지도 없나 보다
── 너는 다리 가는 쪼그만 보헤미안.
내사 보리밭 동리에 어머니도
누나도 있다.
그네는 노래 부를 줄 몰라
오늘밤도 그윽한 한숨으로 보내리니―.
그믐달아! 나와 같이 다음 날 아침에 도착하자!

(1937. 7. 26)

■ 귀뜰램이 : 귀뚜라미.

비 뒤

"어— 얼마나 반가운 비냐"
할아버지의 즐거움.

가물 들었던 곡식 자라는 소리
할아버지 담바 빠는 소리와 같다.

비 뒤의 햇살은
풀잎에 아름답기도 하다.

소낙비

번개, 뇌성, 왁자지껄 뚜드려
먼 도회지에 낙뢰가 있어만 싶다.

벼룻장* 엎어논 하늘로
살 같은 비가 살처럼 쏟아진다.

손바닥만 한 나의 정원이
마음같이 흐린 호수 되기 일쑤다.

바람이 팽이처럼 돈다.
나무가 머리를 이루 잡지 못한다.

내 경건한 마음을 모셔 드려
노아 때 하늘을 한 모금 마시다.

(1937. 8. 9)

■ 벼룻장 : 벼룻집(벼루, 먹, 붓, 연적 따위를 넣어 두는 납작한 상자).

비애

호젓한 세기(世紀)의 달을 따라
알 듯 모를 듯한 데로 거닐고자!

아닌 밤중에 튀기듯이
잠자리를 뛰쳐
끝없는 광야를 홀로 거니는
사람의 심사는 외로우려니

아ㅡ 이 젊은이는
피라미드처럼 슬프구나

(1937. 8. 18)

명상

가칠가칠한 머리칼은 오막살이 처마 끝,
쉬파람[■]에 콧마루가 서분한^{■■} 양 간질키오.

들창 같은 눈은 가볍게 닫혀,
이 밤에 연정은 어둠처럼 골골이 스며드오.

(1937. 8. 20)

■ 쉬파람 : 휘파람.
■■ 서분한 : 서운한.

바다

실어다 뿌리는
바람조차 씨원타.▪

솔나무 가지마다 샛춤히▪▪
고개를 돌리어 뻐드러지고,

밀치고
밀치운다.

이랑을 넘는 물결은
폭포처럼 피어오른다

해변에 아이들이 모인다
찰찰 손을 씻고 굽으로.▪▪▪

바다는 자꾸 섧어진다.
갈매기의 노래에……

돌아다보고 돌아다보고

돌아가는 오늘의 바다여!

(1937. 9. 원산(元山) 송도원(松濤園)에서)

■ 씨원타 : 시원하다.

■■ 샛춤히 : 새침하게.

■■■ 굽 : 굽도리(해변의 아래쪽).

산협(山峽)의 오후

내 노래는 오히려
설운 산울림.

골짜기 길에
떨어진 그림자는
너무나 슬프구나.

오후의 명상은
아— 졸려.

(1937. 9)

비로봉

만상(萬象)을
굽어보기란―

무릎이
오들오들 떨린다.

백화(白樺)
어려서 늙었다.

새가
나비가 된다.

정말 구름이
비가 된다.

옷자락이
춥다.

(1937. 9)

창(窓)

쉬는 시간마다
나는 창 역흐로■ 갑니다.

── 창은 산 가르침.

이글이글 불을 피워 주소,
이 방에 찬 것이 서럽니다.

단풍잎 하나
맴도나 보니
아마도 자그마한 선풍(旋風)이 인 게외다.

그래도 싸늘한 유리창에
햇살이 쨍쨍한 무렵,
상학종(上學鐘)이 울어만 싶습니다.

(1937. 10)

■ 역흐로 : 옆으로. 언저리로.

유언

흰한 방에
유언은 소리 없는 입놀림.

─ 바다에 진주 캐러 갔다는 아들
   해녀와 사랑을 속삭인다는 맏아들
   이 밤에사 돌아오나 내다봐라─

평생 외롭던 아버지의 운명(殞命)
감기우는 눈에 슬픔이 어린다.

외딴집에 개가 짖고
휘양찬▪ 달이 문살에 흐르는 밤.

(1937. 10. 24)

▪ 휘양찬 : 휘영청.

제2부

1938년

1942년의 시

풀 한 포기 없는 이 길을 걷는 것은
담 저쪽에 내가 남아 있는 까닭이고,

내가 사는 것은, 다만,
잃은 것을 찾는 까닭입니다.

—「길」중에서

새로운 길

내를 건너서 숲으로
고개를 넘어서 마을로

어제도 가고 오늘도 갈
나의 길 새로운 길

문들레*가 피고 까치가 날고
아가씨가 지나고 바람이 일고

나의 길은 언제나 새로운 길
오늘도…… 내일도……

내를 건너서 숲으로
고개를 넘어서 마을로

(1938. 5. 10)

▪ 문들레 : 민들레.

어머니

어머니!
젖을 빨려 이 마음을 달래어 주시오.
이 밤이 자꾸 설혀지나이다.▪

이 아이는 턱에 수염자리 잡히도록
무엇을 먹고 자랐나이까?
오늘도 흰 주먹이
입에 그대로 물려 있나이다.

어머니
부서진 납인형(人形)도 슬혀진▪▪ 지
벌써 오랩니다.

철비가 후누주군이▪▪▪ 내리는 이 밤을
주먹이나 빨면서 새우리까?
어머니! 그 어진 손으로
이 울음을 달래어주시오.

(1938. 5. 28)

▪ 설혀지나이다 : 설워지나이다. 서러워지나이다.
▪▪ 슬혀진 : 싫어진.
▪▪▪ 후누주군이 : 후줄근히.

가로수

가로수, 단출한 그늘 밑에
구둣솔 같은 혓바닥으로
무심히 구둣솔을 핥는 시름.

때는 오정(午正). 사이렌,
어디로 갈 것이냐?

□▪시 그늘은 맴돌고.
따라 사나이도 맴돌고.

(1938. 6. 1)

▪ □ : 판독이 불가능함.

비 오는 밤

쏴― 철썩! 파도 소리 문살에 부서져
잠 살포시 꿈이 흩어진다.

잠은 한낱 검은 고래 떼처럼 설레어,
달랠 아무런 재주도 없다.

불을 밝혀 잠옷을 정성스리 여미는
삼경(三更).
염원.

동경의 땅 강남에 또 홍수질 것만 싶어,
바다의 향수(鄕愁)보다 더 호젓해진다.

(1938. 6. 11)

사랑의 전당

순(順)아 너는 내 전(殿)에 언제 들어왔던 것이냐?
내사 언제 네 전에 들어갔던 것이냐?

우리들의 전당은
고풍(古風)한 풍습이 어린 사랑의 전당

순아 암사슴처럼 수정 눈을 내려감아라.
난 사자처럼 엉클린 머리를 고르련다.

우리들의 사랑은 한낱 벙어리였다.

성스런 촛대에 열(熱)한 불이 꺼지기 전
순아 너는 앞문으로 내달려라.

어둠과 바람이 유리창에 부닥치기 전
나는 영원한 사랑을 안은 채
뒷문으로 멀리 사려지련다.

이제 네게는 삼림속의 아늑한 호수가 있고
내게는 준험한 산맥이 있다.

(1938. 6. 19)

이적(異蹟) ■

발에 터분한■ 것을 다 빼어버리고
황혼이 호수 위로 걸어오듯이
나도 사뿐사뿐 걸어보리이까?

내사 이 호숫가로
부르는 이 없이
불리워온 것은
참말 이적이외다.

오늘 따라
연정, 자홀(自惚), 시기, 이것들이
자꾸 금메달처럼 만져지는구려

하나, 내 모든 것을 여념 없이
물결에 씻어 보내려니
당신은 호면(湖面)으로 나를 불러내소서.

(1938. 6. 15)

■ 이적(異蹟) : 기이한 행적. 기적.
■■ 터분한 : 답답하고 따분한. 개운하지 않은.

아우의 인상화

붉은 이마에 싸늘한 달이 서리어
아우의 얼굴은 슬픈 그림이다.

발걸음을 멈추어
살그머니 애띤 손을 잡으며
"너는 자라 무엇이 되려니"
"사람이 되지"
아우의 설운 진정코 설운 대답이다.

슬며시 잡았던 손을 놓고
아우의 얼굴을 다시 들여다본다.

싸늘한 달이 붉은 이마에 젖어
아우의 얼굴은 슬픈 그림이다.

(1938. 9. 15)

코스모스

청초한 코스모스는
오직 하나인 나의 아가씨.

달빛이 싸늘히 추운 밤이면
옛 소녀가 못 견디게 그리워
코스모스 핀 정원으로 찾아간다.

코스모스는
귀또리* 울음에도 수줍어지고,

코스모스 앞에 선 나는
어렸을 적처럼 부끄러워지나니,

내 마음은 코스모스의 마음이요,
코스모스의 마음은 내 마음이다.

(1938. 9. 20)

■ 귀또리 : 귀뚜라미.

슬픈 족속(族屬)

흰 수건이 검은 머리를 두르고
흰 고무신이 거친 발에 걸리우다.

흰 저고리 치마가 슬픈 몸집을 가리고
흰 띠가 가는 허리를 질끈 동이다.

(1938. 9)

고추밭

시들은 잎새 속에서
고 빨ー간 살을 드러내놓고,
고추는 방년 된 아가씬 양
땡볕*에 자꾸 익어 간다.

할머니는 바구니를 들고
밭머리에서 어정거리고
손가락 너어는 아이는
할머니 뒤만 따른다.

(1938. 10. 26)

■ 땡볕 : 뙤약볕.

햇빛 · 바람

손가락에 침 발라
쏘옥, 쏙, 쏙,
장에 가는 엄마 내다보려
문풍지를
쏘옥, 쏙, 쏙

아침에 햇빛이 빤짝,

손가락에 침 발라
쏘옥, 쏙, 쏙,
장에 가신 엄마 돌아오나
문풍지를
쏘옥, 쏙, 쏙,

저녁에 바람이 솔솔,

해바라기 얼굴

누나의 얼굴은
　해바라기 얼굴
해가 금방 뜨자
　일터에 간다.

해바라기 얼굴은
　누나의 얼굴
얼굴이 숙어 들어
　집으로 온다.

애기의 새벽

우리 집에는
닭도 없단다.
다만
애기가 젖 달라 울어서
새벽이 된다.

우리 집에는
시계도 없단다.
다만
애기가 젖 달라 보채어
새벽이 된다.

귀뚜라미와 나와

귀뚜라미와 나와
잔디밭에서 이야기했다.

귀뜰귀뜰
귀뜰귀뜰

아무개도 아르켜 주지 말고
우리 둘만 알자고 약속했다.

귀뜰귀뜰
귀뜰귀뜰

귀뚜라미와 나와
달 밝은 밤에 이야기했다.

산울림

까치가 울어서
산울림,
아무도 못 들은
산울림,

까치가 들었다,
산울림,
저 혼자 들었다,
산울림,

달같이

연륜이 자라듯이
달이 자라는 고요한 밤에
달같이 외로운 사랑이
가슴 하나 뻐근히
연륜처럼 피어 나간다.

(1939. 9)

장미 병들어

장미 병들어
옮겨 놓을 이웃이 없도다.

달랑달랑 외로이
황마차 태워 산에 보낼거나

뚜— 구슬피
화륜선(火輪船) 태워 대양에 보낼거나.

프로펠러 소리 요란히
비행기 태워 성충권(成層圈)에 보낼거나

이것저것
다 그만두고
자라 가는 아들이 꿈을 깨기 전,
이 내 가슴에 묻어 다오.

(1939. 6)

투르게네프의 언덕

나는 고갯길을 넘고 있었다····· 그때 세 소년 거지가 나를 지나쳤다.

첫째 아이는 잔등에 바구니를 둘러메고, 바구니 속에는 사이다 병, 간즈매* 통, 쇳조각, 헌 양말짝 등 폐물(廢物)이 가득하였다.

둘째 아이도 그러하였다.

셋째 아이도 그러하였다.

텁수룩한 머리털 시커먼 얼굴에 눈물 고인 충혈된 눈, 색 잃어 푸르스름한 입술, 너덜너덜한 남루, 찢겨진 맨발,

아— 얼마나 무서운 가난이 이 어린 소년들을 삼키었느냐!

나는 측은한 마음이 움직이었다.

나는 호주머니를 뒤지었다. 두툼한 지갑, 시계, 손수건····· 있을 것은 죄다 있었다.

그러나 무턱대고 이것들을 내줄 용기는 없었다. 손으로 만지작만지작거릴 뿐이었다.

다정스레 이야기나 하리라 하고 "얘들아" 불러보았다.

첫째 아이가 충혈(充血)된 눈으로 흘끔 돌아다볼 뿐이었다.

둘째 아이도 그러할 뿐이었다.

셋째 아이도 그러할 뿐이었다.

그리고는 너는 상관없다는 듯이 자기네끼리 소곤소곤 이야기하면서

고개로 넘어갔다.

　언덕 위에는 아무도 없었다.
　짙어가는 황혼이 밀려들 뿐—

(1939. 9)

■ 간즈매 : 일본 말로 통조림.

산골 물

괴로운 사람아 괴로운 사람아
옷자락 물결 속에서도
가슴속 깊이 돌돌 샘물이 흘러
이 밤을 더불어 말할 이 없도다.
거리의 소음과 노래 부를 수 없도다.
그신▪ 듯이 냇가에 앉았으니
사랑과 일을 거리에 맡기고
가만히 가만히
바다로 가자,
바다로 가자,

▪ 그신 : 끈. 끌린.*

---

* 홍장학, 『정본 윤동주 전집 원전 연구』, 문학과지성사, 2004, 274쪽 참고.

자화상

　산모퉁이를 돌아 논가 외딴 우물을 홀로 찾아가선 가만히 들여다봅
니다.

　우물 속에는 달이 밝고 구름이 흐르고 하늘이 펼치고 파아란 바람이
불고 가을이 있습니다.

　그리고 한 사나이가 있습니다.
　어쩐지 그 사나이가 미워져 돌아갑니다.

　돌아가다 생각하니 그 사나이가 가엾어집니다.
　도로 가 들여다보니 사나이는 그대로 있습니다.

　다시 그 사나이가 미워져 돌아갑니다.
　돌아가다 생각하니 그 사나이가 그리워집니다.

　우물 속에는 달이 밝고 구름이 흐르고 하늘이 펼치고 파아란 바람이
불고 가을이 있고 추억처럼 사나이가 있습니다.

(1939. 9)

소년

　여기저기서 단풍잎 같은 슬픈 가을이 뚝뚝 떨어진다. 단풍잎 떨어져 나온 자리마다 봄을 마련해 놓고 나뭇가지 위에 하늘이 펼쳐 있다. 가만히 하늘을 들여다보려면 눈썹에 파란 물감이 든다. 두 손으로 따뜻한 볼을 씻어 보면 손바닥에도 파란 물감이 묻어 난다. 다시 손바닥을 들여다본다. 손금에는 맑은 강물이 흐르고, 맑은 강물이 흐르고, 강물 속에는 사랑처럼 슬픈 얼굴−아름다운 순이(順伊)의 얼굴이 어린다. 소년은 황홀히 눈을 감아 본다. 그래도 맑은 강물은 흘러 사랑처럼 슬픈 얼굴−아름다운 순이의 얼굴은 어린다.

(1939)

팔복(八福)
— 마태복음 5장 3~12

슬퍼하는 자는 복이 있나니
슬퍼하는 자는 복이 있나니
슬퍼하는 자는 복이 있나니
슬퍼하는 자는 복이 있나니
슬퍼하는 자는 복이 있나니
슬퍼하는 자는 복이 있나니
슬퍼하는 자는 복이 있나니
슬퍼하는 자는 복이 있나니

저희가 영원히 슬플 것이오.

위로

거미란 놈이 흉한 심보로 병원 뒤뜰 난간과 꽃밭 사이 사람 발이 잘 닿지 않는 곳에 그물을 쳐 놓았다. 옥외 요양을 받는 젊은 사나이가 누워서 치여다보기 바르게—

나비가 한 마리 꽃밭에 날아들다 그물에 걸리었다. 노—란 날개를 파득거려도 파득거려도 나비는 자꾸 감기우기만 한다. 거미가 쏜살같이 가더니 끝없는 끝없는 실을 뽑아 나비의 온몸을 감아 버린다. 사나이는 긴 한숨을 쉬었다.

나이보다 무수한 고생 끝에 때를 잃고 병을 얻은 이 사나이를 위로할 말이—거미줄을 헝클어 버리는 것밖에 위로의 말이 없었다.

(1940. 12. 3)

병원

　살구나무 그늘로 얼굴을 가리고, 병원 뒤뜰에 누워, 젊은 여자가 흰 옷 아래로 하얀 다리를 드러내 놓고 일광욕을 한다. 한나절이 기울도록 가슴을 앓는다는 이 여자를 찾아오는 이, 나비 한 마리도 없다. 슬프지도 않은 살구나무 가지에는 바람조차 없다.

　나도 모를 아픔을 오래 참다 처음으로 이곳에 찾아왔다. 그러나 나의 늙은 의사는 젊은이의 병을 모른다. 나한테는 병이 없다고 한다. 이 지나친 시련, 이 지나친 피로, 나는 성내서는 안 된다.

　여자는 자리에서 일어나 옷깃을 여미고 화단에서 금잔화 한 포기를 따 가슴에 꽂고 병실 안으로 사라진다. 나는 그 여자의 건강이 ─ 아니 내 건강도 속히 회복되기를 바라며 그가 누웠던 자리에 누워 본다.

(1940. 12)

무서운 시간

거 나를 부르는 것이 누구요,

가랑잎 이파리 푸르러 나오는 그늘인데,
나 아직 여기 호흡이 남아 있소.

한번도 손들어 보지 못한 나를
손들어 표할 하늘도 없는 나를

어디에 내 한 몸 둘 하늘이 있어
나를 부르는 것이오.

일을 마치고 내 죽는 날 아침에는
서럽지도 않은 가랑잎이 떨어질 텐데……

나를 부르지 마오.

(1941. 2. 7)

눈 오는 지도(地圖)

　순이(順伊)가 떠난다는 아침에 말 못 할 마음으로 함박눈이 내려, 슬픈 것처럼 창 밖에 아득히 깔린 지도(地圖) 위에 덮인다.

　방 안을 돌아다보아야 아무도 없다. 벽과 천장이 하얗다. 방 안에까지 눈이 내리는 것일까, 정말 너는 잃어버린 역사(歷史)처럼 홀홀히 가는 것이냐, 떠나기 전에 일러 둘 말이 있던 것을 편지를 써서도 네가 가는 곳을 몰라 어느 거리, 어느 마을, 어느 지붕 밑, 너는 내 마음속에만 남아 있는 것이냐, 네 쪼그만 발자국을 눈이 자꾸 내려 덮여 따라갈 수도 없다. 눈이 녹으면 남은 발자국 자리마다 꽃이 피리니 꽃 사이로 발자국을 찾아 나서면 일 년 열두 달 하냥 내 마음에는 눈이 내리리라.

(1941. 3. 12)

태초의 아침

봄날 아침도 아니고
여름, 가을, 겨울,
그런 날 아침도 아닌 아침에

빨—간 꽃이 피어났네,
햇빛이 푸른데,

그 전날 밤에
그 전날 밤에
모든 것이 마련되었네.

사랑은 뱀과 함께
독은 어린 꽃과 함께

또 태초의 아침

하얗게 눈이 덮이었고
전신주(電信柱)가 잉잉 울어
하나님 말씀이 들려온다.

무슨 계시일까.

빨리
봄이 오면
죄를 짓고
눈이
밝아

이브▪가 해산하는 수고를 다하면

무화과 잎사귀로 부끄런 데를 가리고

나는 이마에 땀을 흘려야겠다.

(1941. 5. 31)

▪ 이브 : Eve

새벽이 올 때까지

다들 죽어가는 사람들에게
검은 옷을 입히시오.

다들 살아가는 사람들에게
흰옷을 입히시오.

그리고 한 침대에
가지런히 잠을 재우시오.

다들 울거들랑
젖을 먹이시오.

이제 새벽이 오면
나팔 소리 들려올 게외다.

(1941. 5)

십자가

쫓아오던 햇빛인데
지금 교회당 꼭대기
십자가에 걸리었습니다.

첨탑이 저렇게도 높은데
어떻게 올라갈 수 있을까요.

종소리도 들려오지 않는데
휘파람이나 불며 서성거리다가,

괴로웠던 사나이,
행복한 예수그리스도에게
처럼
십자가가 허락된다면

모가지를 드리우고
꽃처럼 피어나는 피를
어두워가는 하늘 밑에
조용히 흘리겠습니다.

(1941. 5. 31)

눈 감고 간다

태양을 사모하는 아이들아
별을 사랑하는 아이들아
밤이 어두웠는데
눈 감고 가거라.

가진 바 씨앗을
뿌리면서 가거라.
발부리에 돌이 차이거든
감았던 눈을 와짝 떠라.

(1941. 5. 31)

못 자는 밤

하나, 둘, 셋, 넷
....
밤은
많기도 하다.

돌아와 보는 밤

　세상으로부터 돌아오듯이 이제 내 좁은 방에 돌아와 불을 끄옵니다. 불을 켜 두는 것은 너무나 피로롭은 일이옵니다. 그것은 낮의 연장이옵기에 —

　이제 창을 열어 공기를 바꾸어 들여야 할 텐데 밖을 가만히 내다보아야 방 안과 같이 어두워 꼭 세상 같은데 비를 맞고 오던 길이 그대로 빗속에 젖어 있사옵니다.

　하루의 울분을 씻을 바 없어 가만히 눈을 감으면 마음속으로 흐르는 소리, 이제 사상이 능금처럼 저절로 익어 가옵니다.

(1941. 6)

간판 없는 거리

정거장 플랫폼에
내렸을 때 아무도 없어,

다들 손님들뿐,
손님 같은 사람들뿐,

집집마다 간판이 없어
집 찾을 근심이 없어

빨갛게
파랗게
불붙는 문자도 없이

모퉁이마다
자애로운 헌 와사등(瓦斯燈)에
불을 켜 놓고,

손목을 잡으면
다들, 어진 사람들

다들, 어진 사람들

봄, 여름, 가을, 겨을,
순서로 돌아들고.

(1941)

바람이 불어

바람이 어디로부터 불어와
어디로 불려 가는 것일까,

바람이 부는데
내 괴로움에는 이유가 없다.

내 괴로움에는 이유가 없을까.

단 한 여자를 사랑한 일도 없다.
시대를 슬퍼한 일도 없다.

바람이 자꾸 부는데
내 발이 반석 위에 섰다.

강물이 자꾸 흐르는데
내 발이 언덕 위에 섰다.

(1941. 6. 2)

또 다른 고향

고향에 돌아온 날 밤에
내 백골이 따라와 한방에 누웠다.

어둔 방은 우주로 통하고
하늘에선가 소리처럼 바람이 불어온다.

어둠 속에 곱게 풍화작용하는
백골을 들여다보며
눈물 짓는 것이 내가 우는 것이냐
백골이 우는 것이냐
아름다운 혼(魂)이 우는 것이냐

지조 높은 개는
밤을 새워 어둠을 짖는다.

어둠을 짖는 개는
나를 쫓는 것일 게다.

가자 가자

쫓기우는 사람처럼 가자

백골 몰래

아름다운 또 다른 고향에 가자.

(1941. 9)

별 헤는 밤

길

잃어버렸습니다.
무얼 어디다 잃었는지 몰라
두 손이 주머니를 더듬어
길에 나아갑니다.

돌과 돌과 돌이 끝없이 연달아
길은 돌담을 끼고 갑니다.

담은 쇠문을 굳게 닫아
길 위에 긴 그림자를 드리우고

길은 아침에서 저녁으로
저녁에서 아침으로 통했습니다.

돌담을 더듬어 눈물 짓다
쳐다보면 하늘은 부끄럽게 푸릅니다.

풀 한 포기 없는 이 길을 걷는 것은
담 저쪽에 내가 남아 있는 까닭이고,

내가 사는 것은, 다만,

잃은 것을 찾는 까닭입니다.

(1941. 9. 31)

별 헤는 밤

계절이 지나가는 하늘에는
가을로 가득 차 있습니다.

나는 아무 걱정도 없이
가을 속의 별들을 다 헤일 듯합니다.

가슴속에 하나둘 새겨지는 별을
이제 다 못 헤는 것은
쉬이 아침이 오는 까닭이요,
내일 밤이 남은 까닭이요,
아직 나의 청춘이 다하지 않은 까닭입니다.

별 하나에 추억과
별 하나에 사랑과
별 하나에 쓸쓸함과
별 하나에 동경과
별 하나에 시와
별 하나에 어머니, 어머니,

어머님, 나는 별 하나에 아름다운 말 한마디씩 불러봅니다. 소학교 때 책상을 같이했던 아이들의 이름과, 패(佩), 경(鏡), 옥(玉) 이런 이국 소녀들의 이름과 벌써 애기 어머니 된 계집애들의 이름과, 가난한 이웃 사람들의 이름과, 비둘기, 강아지, 토끼, 노새, 노루, 「프랑시스 잠」「라이너 마리아 릴케」 이런 시인들의 이름을 불러 봅니다.

이네들은 너무나 멀리 있습니다.
별이 아슬이 멀듯이,

어머님,
그리고 당신은 멀리 북간도에 계십니다.

나는 무엇인지 그리워
이 많은 별빛이 내린 언덕 위에
내 이름자를 써 보고,
흙으로 덮어 버리었습니다.

딴은 밤을 새워 우는 벌레는
부끄러운 이름을 슬퍼하는 까닭입니다.

그러나 겨울이 지나고 나의 별에도 봄이 오면
무덤 위에 파란 잔디가 피어나듯이
내 이름자 묻힌 언덕 위에도
자랑처럼 풀이 무성할 게외다.

(1941. 11. 5)

서시

죽는 날까지 하늘을 우러러
한 점 부끄럼이 없기를,
잎새에 이는 바람에도
나는 괴로워했다.
별을 노래하는 마음으로
모든 죽어가는 것을 사랑해야지
그리고 나한테 주어진 길을
걸어가야겠다.

오늘 밤에도 별이 바람에 스치운다.

(1941. 11. 20)

간(肝)

바닷가 햇빛 바른 바위 위에
습한 간을 펴서 말리우자,

코카서스 산중에서 도망해 온 토끼처럼
둘러리를 빙빙 돌며 간을 지키자,

내가 오래 기르던 여윈 독수리야!
와서 뜯어 먹어라, 시름없이

너는 살찌고
나는 여위어야지, 그러나,

거북이야!
다시는 용궁의 유혹에 안 떨어진다.

프로메테우스 불쌍한 프로메테우스
불 도적한 죄로 목에 맷돌을 달고
끝없이 침전하는 프로메테우스.

(1941. 11. 29)

참회록

파란 녹이 낀 구리 거울 속에
내 얼굴이 남아 있는 것은
어느 왕조의 유물이기에
이다지도 욕될까.

나는 나의 참회의 글을 한 줄에 줄이자.
— 만 24년 1개월을
　　무슨 기쁨을 바라 살아왔던가

내일이나 모레나 그 어느 즐거운 날에
나는 또 한 줄의 참회록을 써야 한다.
— 그때 그 젊은 나이에
　　왜 그런 부끄런 고백을 했던가.

밤이면 밤마다 나의 거울을
손바닥으로 발바닥으로 닦아 보자.

그러면 어느 운석(隕石) 밑으로 홀로 걸어가는
슬픈 사람의 뒷모양이
거울 속에 나타나온다.

(1942. 1. 24)

흰 그림자

황혼이 짙어지는 길모금*에서
하루 종일 시들은 귀를 가만히 기울이면
땅검**의 옮겨지는 발자취 소리,

발자취 소리를 들을 수 있도록
나는 총명했던가요.

이제 어리석게도 모든 것을 깨달은 다음
오래 마음 깊은 속에
괴로워하던 수많은 나를
하나, 둘 제 고장으로 돌려보내면
거리 모퉁이 어둠 속으로
소리 없이 사라지는 흰 그림자,

흰 그림자들
연연히 사랑하던 흰 그림자들,

내 모든 것을 돌려보낸 뒤
허전히 뒷골목을 돌아

황혼처럼 물드는 내 방으로 돌아오면

신념이 깊은 의젓한 양(羊)처럼
하루 종일 시름없이 풀포기나 뜯자.

(1942. 4. 14)

■ 길모금 : 길목.
■■ 땅검 : 땅거미.

흐르는 거리

으스름히 안개가 흐른다. 거리가 흘러간다.

저 전차, 자동차, 모든 바퀴가 어디로 흘리워* 가는 것일까? 정박할 아무 항구도 없이, 가련한 많은 사람들을 싣고서, 안개 속에 잠긴 거리는,

거리 모퉁이 붉은 포스트 상자를 붙잡고 섰을라면 모든 것이 흐르는 속에 어렴풋이 빛나는 가로등, 꺼지지 않는 것은 무슨 상징일까? 사랑하는 동무 박(朴)이여! 그리고 김(金)이여! 자네들은 지금 어디 있는가? 끝없이 안개가 흐르는데,

"새로운 날 아침 우리 다시 정답게 손목을 잡아보세" 몇 자 적어 포스트 속에 떨어트리고, 밤을 새워 기다리면 금 휘장에 금 단추를 끼었고 거인처럼 찬란히 나타나는 배달부, 아침과 함께 즐거운 내림(來臨),

이 밤을 하염없이 안개가 흐른다.

(1942. 5. 12)

■ 흘리워 : 흘려.

사랑스런 추억

봄이 오던 아침, 서울 어느 쪼그만 정거장에서
희망과 사랑처럼 기차를 기다려,

나는 플랫폼에 간신한 그림자를 떨어트리고,
담배를 피웠다.

내 그림자는 담배 연기 그림자를 날리고,
비둘기 한 떼가 부끄러울 것도 없이
나래 속을 속 속 햇빛에 비춰, 날았다.

기차는 아무 새로운 소식도 없이
나를 멀리 실어다주어,

봄은 다 가고 − 동경(東京) 교외 어느 조용한
하숙방에서, 옛 거리에 남은 나를 희망과
사랑처럼 그리워한다.
오늘도 기차는 몇 번이나 무의미하게 지나가고,
오늘도 나는 누구를 기다려 정거장 가까운 언덕에서
서성거릴 게다.

─ 아아 젊음은 오래 거기 남아 있거라.

(1942. 5. 13)

쉽게 쓰여진 시

창 밖에 밤비가 속살거려
육첩방(六疊房)은 남의 나라,

시인이란 슬픈 천명인 줄 알면서도
한 줄 시를 적어 볼까,

땀내와 사랑내 포근히 품긴
보내 주신 학비 봉투를 받아

대학 노트를 끼고
늙은 교수의 강의 들으러 간다.

생각해 보면 어린 때 동무들
하나, 둘, 죄다 잃어버리고

나는 무얼 바라
나는 다만, 홀로 침전하는 것일까?

인생은 살기 어렵다는데
시가 이렇게 쉽게 쓰여지는 것은
부끄러운 일이다.

육첩방은 남의 나라.
창 밖에 밤비가 속살거리는데,

등불을 밝혀 어둠을 조금 내몰고,
시대처럼 올 아침을 기다리는 최후의 나,

나는 나에게 작은 손을 내밀어
눈물과 위안으로 잡는 최초의 악수.

(1942. 6. 3)

봄

봄이 혈관 속에 시내처럼 흘러
돌, 돌, 시내 가까운 언덕에
개나리, 진달래, 노―란 배추꽃,

삼동을 참아온 나는
풀포기처럼 피어난다.

즐거운 종달새야
어느 이랑에서어 즐거웁게 솟쳐라.

푸르른 하늘은
아른아른 높기도 한데……

나는 죽음 후에 계속될 미성숙이 기대된다.

— 데이브 배리(미국의 칼럼니스트, 1947~)

시인 알아보기

윤동주(尹東柱, 1917.12.30~1945.2.16)

1917년(1세) 12월 30일 중화민국 동북구(만주) 간도성 화룡면 명동촌에서 부친 윤영석과 모친 김룡 사이에서 맏아들로 태어나다. 어릴 때 이름은 해환(海煥). 할아버지 윤하현은 함북 종성 출신으로 기독교 장로, 아버지는 명동학교 교원. 9월 28일 윤동주의 집에서 고종사촌인 송몽규 태어나다. 윤동주 아래로 누이인 혜원(1923)과 동생 일주(1927), 광주(1933)가 태어나다.

1925년(9세) 4월 4일 명동소학교에 입학하다. 송몽규, 문익환 등도 함께 입학하다.

1931년(15세) 3월 15일 명동소학교를 졸업하다. 대납자(大拉子)에 있는 중국인 학교인 화룡 현림 제일소학교에 송몽규와 함께 편입해 1년간 수학하다.

1932년(16세) 4월 용정에 있는 기독교 학교인 은진중학교에 송몽규, 문익환과 함께 입학하다. 가족이 모두 용정으로 이사하다. 축구선수 생활, 교내 잡지 만드는 일, 웅변대회, 독서 등에 열중하다. 수학 성적이 뛰어나다.

1935년(19세) 9월 1일 4학년 1학기를 마치고 평양 숭실중학교 3학년 2학기로 편입하다. 『숭실활천』 제15호에 시 「공상」을 발표하다.

1936년(20세) 3월 말 일제의 숭실중학교 신사참배 강요에 항의해 자퇴하고 용정으로 돌아와 광명학원 중학부 4학년에 편입하다. 간도의 연길에서 발간하던 『가톨릭 소년』에 윤동주(尹童柱)라는 필명으로 동시 「병아리」(11월호) 「빗자루」(12월호)를 발표하다.

1937년(21세) 『가톨릭 소년』에 동시 「오줌싸개 지도」(1월호), 「무얼 먹고 사나」(3월호)를 윤동주(尹童柱)로, 「거짓부리」(10월호)를 윤동주(尹童舟)란 필명으로 발표하다. 백석 시인의 시집 『사슴』을 필사하다. 수학여행으로 금강산 등을 구경하다. 상급학교 진학 문제로 문학을 희망하는 윤동주와 의학을 바라는 아버지와 갈등을 빚다. 할아버지의 권유로 아버지 양보하다.

1938년(22세) 4월 9일 2월 17일 광명중학교를 졸업하고 송몽규와 연희전문학교 문과에 입학하다. 최현배 교수에게 조선어를, 이양하 교수에게 영시를 배우다.

1939년(23세) 『조선일보』의 학생란에 산문 「달을 쏘다」(1. 23), 시 「유언」(2. 6), 「아우의 인상화」(10. 17)를, 『소년』(3월호)에 동시 「산울림」을 발표하다.

1940년(24세) 4월 하동 학생인 정병욱 후배를 알게 되다. 여름방학 때 고향에 가서 외삼촌인 김약전 선생에게 「시전」을 배우다.

1941년(25세) 12월 27일 연희전문학교를 졸업하다. 졸업 기념으로 19편의 작품 모은 자선 시집 『하늘과 바람과 별과 시』 77부를 출간하려고 했으나 뜻을 이루지 못하다. 시집 제목이 원래 『병원』이었으나 「서시」를 쓴 후 바꾸다. 시집 원고를 스승인 이양하 교수와 정병욱에게 1부씩 증정하다. 일본 유학의 수속을 위해 성씨를 히라누마(平沼)로 바꾸다.

1942년(26세) 4월 2일 고향에서 머무르다가 1월 24일 「참회록」을 쓰고 일본으로 건너가 릿쿄(立敎)대학 영문학과 선과에 입학하다. 송몽규는 교토(京都)제국대학 서양사학과에 입학하다. 「쉽게 쓰여진 시」를 비롯한 5편의 시를 써서 서울의 친구에게 보내다. 고향에 돌아와 병환 중인 어머니를 간호하며 여름방학을 보내다. 일본으로 다시 건너가 10월 1일 도시샤(同志社)대학 영문학과 선과에 입학하다.

1943년(27세) 7월 14일 방학이 되어 귀향길에 오르다가 독립운동 혐의로 검거되다. 책, 작품, 일기 등이 압수되다. 7월 10일 송몽규가 시모가모(下鴨)경찰서에 독립운동 혐의로 검거되다.

1944년(28세) 3월 31일 교토지방재판소의 재판 결과 치안유지법 제5조 위반(독립운동) 죄로 징역 2년을 언도받다. 4월 13일 송몽규 역시 같은 죄목으로 징역 2년을 언도받다. 후쿠오카(福岡)형무소에 투옥되다.

1945년(29세) 2월 18일 "16일 동주 사망, 시체 가지러 오라"는 전보가 고향집에 배달되다. 아버지와 당숙 윤영춘이 일본으로 건너가 송몽규를 먼저 면회하다. 매일같이 이름 모를 주사를 맞는다는 이야기를 듣다. 윤동주의 유해를 화장해서 고향으로 데려오다. 3월 6일 용정의 동산 교회 묘지에 묻히다. 3월 10일 송몽규도 옥사해 고향 땅 대납자에 묻히다.*

---

* 윤동주 시인 연보는 ① 윤일주, 「선백(先伯)의 생애」(『하늘과 바람과 별과 시』, 정음사, 1955), ② 왕신영·심원섭·오오무라 마스오·윤인석 편, 『사진판 윤동주 자필 시고전집』(민음사, 2015)에서 발췌함.

연은 순풍이 아니라 역풍에 가장 높이 난다.
― 윈스턴 처칠(영국의 정치가, 1874~1965)